美好
時光

陳綺——著

序

風不停在旅行
月光一路踩著寧靜的夜
無垠的天空　早已成為自由的詩
青春的影子拾起　慢慢減數的年歲
童年的時光　已模糊
愛在熱切的思念中　不停發芽
跋涉過的遠方　被壓縮的如此弱小

心事不斷出發　抵達
陽光熱力著色　生活種種
往事　回憶　想像　不斷向未知前進
行過的每一個匆忙裡
歲月只是代替我們　先到達所有的遠方

人生中　當所有短暫的停留
總會留下　一絲絲的希望
在塵世的無數個　有限與無限裡
願我們所踏及的地方　串起　美好時光……

陳綺　二〇一五年

目次

卷一 美好時光

卷二

相惜

卷一

美好時光

深深戀

人生是一曲　美妙的歌
藍天與白雲舞著　秋風的帆
我深深綣戀著　諸神守候的大地

穿越

春風已推開　漫天的思念
玫瑰花開在　夢的輪迴
四季依然　照常輪替
而摧不毀的愛已穿越　無常的往事

等待

夢　無止盡的延續　時間忘了與風有約
塵世的依戀　來自一顆善良的心
在芬芳的夜裡　幸福地等待著……

謙卑

天空下起　綿密的雨絲
未曾離開的風景　等待花開的姿態
生命的軌跡隨風雨　謙卑地行走

存

走過很漫長的路
憶不起　已愛過的名字
懷念或思念　都存在　眼底的淚了……

擁有

關於湧起的海浪
關於黃昏的夕陽　我記得不多
在限定的生命裡　用世俗般的愛
不著痕跡地擁有　誓言的容貌

收藏

一場長遠的旅行　如花開花謝
把碎生夢死的過程　收進　美好的隱匿

帶領

在茫茫的風景中　在擁擠的人潮裡
不動聲色的草木　帶領我們
往更美好的遠方　靠近

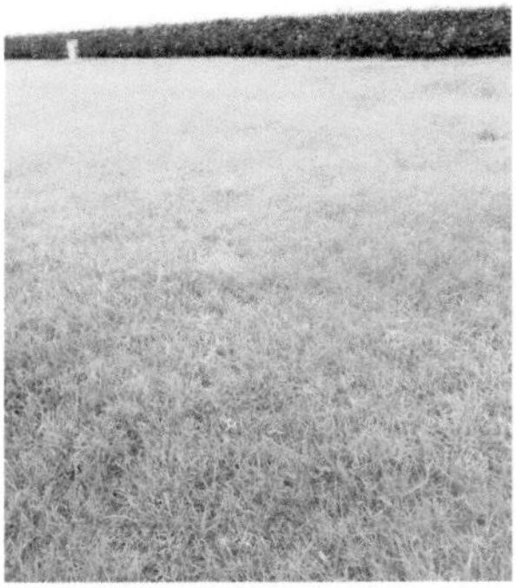

記錄

風飛過　春的暮色和　持續感傷的季節
時光不停記錄　關於一池乾涸的愛情

拾

秋天裡全是　催淚的往事
夢想經過了　最期待的那段甜蜜
未竟的情緣　等待下一個季節
於是　心碎的落花拾起　遺落的傷痕

希望

規律的早晨　每一個匆忙的步伐裡
只希望時間　順利越過　每一道關卡

夢中情

我無以匿藏　也不曾變亂
請緩緩腳步　因為我的依戀
不小心殘留在　你一段往事

如果拒絕或接受　都難為了你
我願在你愛情轉彎處
等待你　每一個回眸

得

季節走在　字裡行間
多風的十月已帶走　秋色和落葉

遠方　悄悄來臨
在愛情中　令人難以言語的
都將得到明白

美好時光

在微溫的地方感受簡單的幸福、我們都熱愛著生活中的每一件事

隨想經過的地方　只留下一排排　急促的步伐

銀灰色的天空　微微亮著

台北濕冷的天氣　沒有雪的味道

為過去每一段精采　留下美好時光

在很簡單的地方　感受最平凡的幸福

生命是一趟旅行

也是上蒼賜予的　一份禮物

代替

時間爬滿　垂落的藤蔓
關於未完的故事　我們稱之為
已丟棄的　不期而遇

在輪迴裡　回憶都成了　永恆的樣貌
青春的軌跡　等待下一個寂靜的轉角
行過的　每一個匆忙裡
歲月只是代替我們　先到達　所有的遠方

對待

愛尚未形成　情節已離開
沒有爭執　沒有感傷
與世界交換　過剩的情緒

在獨處的日子　用熟悉的語彙　對待
我遺失的時光

留下

我們願意空著心靈、因為離去之後能留下的並不多

我是你　輕盈如羽的一首詩
迂迴於　慈悲的夢中

有一天　只能為你留下
碎碎的文字

交換

情節離開　煩躁的日記
閃爍一點的悲傷　作著自己的夢

陽光依舊燦爛
而未曾丟棄的途徑
跟世界交換著　更好的位置

扮演

於是愛　在時間的河浪　一直扮演著
我們樂見與理解的　任何形狀

完善

翻閱一頁頁　歲月的起起伏伏
淚的重量承載　無法坦言的內心

曾經的千言萬語　在詩的秘境
拼湊著　易於更替的情節

時間從日曆的最後一頁　脫落
情感的次序　混亂之後
善於留下的故事　沒有分開的結局

愛的光芒

我們的故事從感動的淚水開始、就算到不了世界的盡頭我們的心
已繫上

風不停在旅行
濤聲打響　柔情的貝殼
思念隱藏於　淚染的書頁
夕陽和晨曦的夢鄉　花落紛紛
我們燦爛與明媚的愛情
在溫暖的時空　拼湊一絲光芒

逆轉時光

所有的傳說　總會凋落
希望與失落　等待下一個春日
想飛的夢溫暖了　逐漸縮小的心願
廣闊的情誼　在我們相遇的年份
逆轉著時光

演繹

將日子摺疊　沒有陽光的早晨
堅強的雨絲演繹　茫茫如一張紙的人生風景

幸福的節拍

季節雨後　風繫著我們的故事
最美的思念　蜿蜒著　通往愛的距離

在春天裡　蝴蝶和蜻蜓
拍打著　幸福的節拍

心願

當生命帶領我們抵達這世界、我們便相遇在此時此地此刻

在童話一般的故事情節　與你不期而遇

那是我們　前世與今生　種下的一顆心願

花的獨自

我夢在　充滿愛的世界
憂懼　請無需為我駐留
未來是　理想可以展翅和
拋開幽怨的風景
在地面與天空之間　我一世不悔的情愫
繁華在　歲月的枝椏

舊時光

過去的時光中看見、生命的困頓

在舊時光裡　掉落一池　久遠的記憶
曾經的滄海　在下一個　時間的轉角
交換著　層層的困頓

歲月的長度和番度　無法照亮　生命的荒涼
理想國度　正要起飛
寒夜的淚水　滑落在　星星與月光的夢境

童話一般

風雨過後　海面靜去
日子記錄　我們總以為的真相
時間　一直活著
我們所需求的模樣
等待是　滄桑的曲子
在無夢的夜裡　奏響著
童話一般的美好

自由

時間尚未離席　傷口已逐漸痊癒
淚水逃出　冗長的等待
我們的心願　已被幸福填滿
愛在一列心事的途經　自由來去

沒有寫作的夜晚

夜色漸漸明亮
雪花覆蓋　紛紛落葉
星星企圖為我找尋　隱去的記憶

痛苦已遠走高飛
將腦海裡的詞彙　暫時收藏
這時候夢境裡　開始有了愛

光芒

春風輕狂
愛　用盡全力抵達
夜與晝的交融是一場　瞬間的告白
日記是一本　保持緘默的心事

情深　不須言說
人生的悲喜　知足於夢中
在短暫的停留裡　相遇與離去之間
星子會在虛空中留下　溫暖的光芒

收容

春天的早晨溫暖的陽光喚醒華麗的景色、我推開窗發現這世界美到
讓人屏息

風　決定一片落葉的來去
季節的書籤　奔馳於千山萬水
天空以無限寬廣
一一收容了　所有遙不可及

那夜

那夜　月光拾起　匆匆的愛
一個漫長的冬季　收留了路過的思念

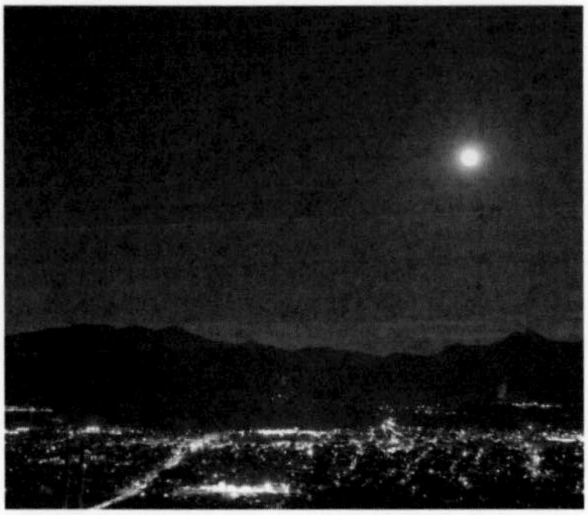

春天的心事

習慣日常與　不同拍子的節奏
深深淺淺的思念　醞釀出暖暖的情事
說不出所以然是　尚有空隙的距離
想你的瞬間　我的心　奔馳於激情的春天

決定快樂

情話全寫在　我們的夜幕
故事在夢中　等待星子點燃
未曾萌芽的愛　依舊　無風無雨

在季節的句號　編織一網紛紛的浪漫
我們決定快樂在　每一個情緒觸礁的峽灣

為了

值得我們前往的地方存在、我們想像的內心世界
生命　最初的芬芳
為了夢想而來

席捲

心事像風一樣　沒有方向地奔馳
牽腸的淚周旋在　夢境深度
無垠的天地早已成為　自由的詩句
愛在熱切的思念中　不停發芽
美好時光席捲了　滿心的牽掛

秋

為了秋天的到來
落葉將天空的　陰鬱
金黃成　大地

回憶海洋

一段旅程　即使沒有　與你一起走完
但　彼此心中　留下一整座　回憶海洋

感受

回憶中的畫面　有些退色
而我們卻依然感受到　當初的美好

花開

綻開後　那繽紛的色彩
閃爍在虛空中

過去時光

所有的光彩退去之後、故事也將曲終人散

歲月的心　傾聽　我們的夢想
飛翔的彩虹伴著　幽遠的長路

雨後覺醒的花蕊　散發著　芬芳的春天
影子躲避陌生的步履
陽光熱力著色　生活種種
愛在詩頁的摺痕裡　尋找　過去的時光

不斷

愛情是酒紅色　可以不斷靠近　不斷遠離
而思念是我們的祕密　可以不斷寫下
千山萬水　天荒地老　世世不悔

種下

故事悄然來到
歲月的舞台仍留有　過往的痕跡
所有的沉重　已成習慣的節奏
記憶撿拾　漂落的思緒
愛在遙遠的地方　種下　思念的種子

回憶的湛藍

風來　一首詩剛剛萌芽
花落成　沉重的情景
時間聆聽　關於愛情　關於永恆
天空的遼闊佈滿了　無法擁有
卻帶點　回憶的湛藍

山櫻

黃昏飛過遠山
季節將我們匿藏在　時間的片刻裡
等待每一個溫暖的凝視

盼望

黃昏不停變化表情
相見的痕跡　在真實與幻境穿梭
瘦長的雨絲　串出自己的詩行

在下一個世界的新芽
無常盼望著　遲來的輪迴

點亮

星子點亮夜空
故事慢慢凝結於　生活夾帶的輕聲嘆息
春天幽幽遠去
美好時光留下　甜蜜的詩行

照亮

墜入的季節　鋪成一個春天
微涼的風　輕吹著滿山遍野

盛開的花蕊　散發著柔軟的味道
天空是灰色　金色的陽光
溫暖照亮　夢想天地

卷二
相惜

珍惜

天邊有天空、月亮、星星、太陽
空氣裡飄著　這美景和溫暖

讓過去每一秒　暫時癱瘓
某些片刻　我們不容錯過

當雨過天晴之後

給雙親

想著你的時候　我才看得清　沈睡已久的你
你在虛幻裡　用純淨的旋律　呼喊著不知名的飄落

四季的風雨繼續通往　生命的種種注定
我們的日常早已沒有了　失落與憎恨
一望無際的荒涼裡　淚水已乾涸

在漫長的人生　我們始終背負著　不斷加速的距離
何時　從希望中望見　上蒼給予的寬恕

我一直尋找　深陷在思念之中的　我們過往時光
沒有言詞可以證明　我們的流亡
何時將開始與結束的法則

我將依附著你　漫長而黑暗的旅途
在時間的　無垠裡等待
願意回應我們的　全新世界

就算無奈的命運　不斷分裂我們的靈魂
我們不會在　沉默和絕望中離去
就像當雨過天晴之後　蔚藍的天空
安穩而沒有感傷地　存在……

束手

黑暗總是來不及告別　離開的風向
刻骨的愛透露著　縋縋綣綣的思念
天使依然束手　無解的愛戀

走過

日子正流浪　風來去無蹤
雲層凝聚成　火紅的一道光芒
枝椏書寫　花影挪移
繁華城市　往北往南
天與地之間　凡走過　只留下聚首與別離

那一頁

陽光和雨　互放燦爛
思念渴求消散於　蜿蜒的緣分

當真相逐漸明朗
在愛情中　我們沒有留下太多承諾
讓幸福永遠封印　歲月中未曾翻閱的那一頁

完結

注定的故事　早已完結
淚水習慣了　一回又一回的別離
視線之外　流動的光景寫著　歲月的音符

結局

時間是一趟　太短的旅行
殘雪已覆蓋　凌亂不堪的年輪
故事的結局　存在我們沖不淡的想念

詩

句子在時光廊下
簡單利落地拼湊著　四季的變化

遙遠

曾經為彼此守候　一開始的相識
你遠從而來的思念　抖落在　春的氣息
我受傷的心意　始終在你心扉　最後的位置

我們的故事　短暫如一陣煙
在雨前　在夢後　我們的方位　消失在
連山嶺也　無法遠望的遙遠

無常

時間摺疊　又摺疊
埋伏已久的輪迴　要如何穿越無常

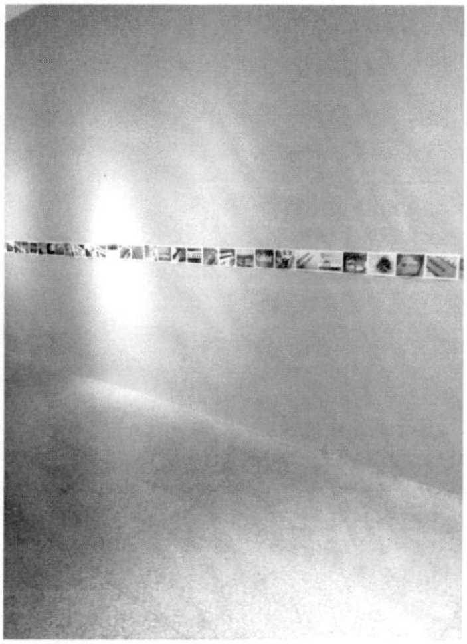

注定

夢想已是　我們一生的執著
日子在等待　秋末的楓紅
昨日如　稀薄的記憶

時間匆匆經過　早該被收割的滄桑
我們過去的　燦爛與遺憾
再次來到　下一場　一生一世的輪迴
已注定的結局　只能以萬般不捨　放下

相惜

願我們所處的世代、讓美好無所不在

在夕陽紅的天空　微風記錄著
連傷情的淚也無法抹去的　相依偎

旅者的行囊　總是載滿　不安的回望
芳香的玫瑰　驚嘆的愛情　互望成一幅永恆

上帝以慈悲的光環　救贖　世世不悔的真心
只是反覆無常的　宿命
無緣讓每一段相遇　生　死　永　相　惜

飛奔

夜風徐徐
星子尋找　流浪的終點
遍地遺漏的思念　向無可預知　飛奔

沉重

薔薇帶不走　痴迷的故事
憂傷和寂寞　清晰如　令人心疼的夢境
逝去的永遠　無法哀悼的　眩目愛戀
沉重了　四散而去的夜色

過往

傷口已癒合　撿拾不回　過多的思念
最後僅存的美好　只能屬於過往

消失

海潮失去了　漫漫蒼老的落日
曲終人散的故事　無聲帶走　迷樣的愛情
日益增大的思念　即將消失於
星光明滅的夜空

距離

層層相思　淹沒　歲月寫成的詩句
殘花帶不走　痴迷的愛情
破窗而來的風景　如一頁頁　不堪回首的往事

在時間的滴答聲中
完美的結局　存在　我們無緣到達的距離

當愛已遠走

事過境遷、卻無法當作這一切未曾發生
遠山追逐　秋天遺漏的思念
等待可以長久在日夜裡　不發一語
當愛已遠走　一張風景裡的往事
留下　淺灰色的線索

復活

雨默默下著　每一個印記　每一種心事
溫熱和冰冷之間　飽滿
無法傳遞到你手心的愛戀

我們希望的歸途
在潔白的詩句　不停茁壯
拭去　未曾驚動的淚痕
我們的故事　只能在傳說中　復活

給春天

黃昏飛過　寂靜的天際
愛在蠻荒的　陌生城市　持續蔓延
語詞深處的思念　留給春天　繼續思念

等候

愛是思念　孕育而誕生的　另一種愛
諾言已結滿　鮮艷的果實
我將等候你　在第一千個夢想

充滿

沒有星星的夜晚　我走過夢的長廊
無人認領　我迷失的名字
當愛已是　難解的答案
已被深埋的往事　充滿了
我的思念和你的傷痛

缺席

擦去　溢滿悲痛的淚
歲月的沉霧裡　充滿了塵封已久的心事
一場夢境　即將放手　我們日益擴大的思念
我們將再次缺席　這個季節

某些故事

捻熄　微弱的燈明
愛離開的那一刻　我們便接近憂傷的國度
過於感傷的劇情　注定了我們可能的錯身

某些故事　只能在無可考察的文字中
等待下一場輪迴

我們

你用輕盈的步伐　前來
而我　已不在愛情的中心

我們的思念　錯落堆積在
記憶的浮光掠影

千里遠

愛　如此短暫　思念　如此漫長
不甘退縮的是　未完成的夢想
我們注定在　不斷旋轉的命運
千里遠去……

封凍

每一吋傷痕　穿梭於相思的醉意裡
夏日的晨光　等待秋天的暖風

時間無法倒返　失去色彩的遠景
待續的故事　遺留下　人生片斷美好

在淚染的扉頁　愛情中所有的真相
已被夢境　封凍

愛開始的地方

時間漸漸蒼老
歲月華果的背面　只是一場漫長的等待
久候的愛情　烘焙著這趟虛空

我們不該預知　早該預知的真相
傷心總在最深的夢　迎接我們
故事一再開始於　所有愛過的地方

OVE

竄改

思念是　淚的遺言
在不知名的飄零中
竄改著　愛的去向

尋覓

無法言喻的愛　總是在找尋
季節的腳步　安分的文字
翩然而去的青春色彩

景色

心事凝結於一場　漫長的冬季
星子為旅人　點綴光芒
故事已在夢中落腳

迷惑的街角　移動的城市
充滿了　聚首與別離

釋放

當夢敲醒　春天的氣息
愛在文字的河流　釋放著
無盡的思念

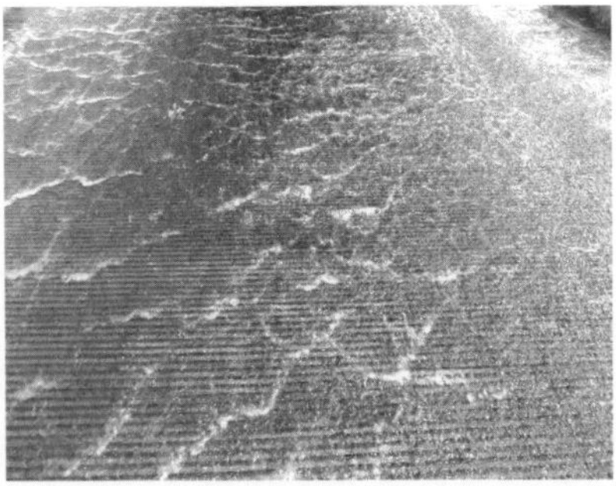

相隔

把思念都帶走
我們隔著夢　隔著季節與季節的距離
相惜於萬般惦念

愛

愛是幽美的　音符
細細修復　每一道傷痕
即使沒有　相應的嘆息
用透亮的淚水洗去　超載的夢

何時

無解的弦　不需要道別
九月的風　無聲帶走孤寂的落日
沒有人知道　時間何時將失去意義

童年

童年是離幻想　最近的地方
用歲月的痕跡　測量
從未離開過的　距離

短暫

漫長的時空　天地一般遼闊
而人生短暫的　如此真實的夢

遠離

街上的景色　離我們越來越遠
我們不再用相同的方式　簇擁著彼此

事件

一朵花透露　一萬種滄桑
白雲失意地　翱翔於天際
昨日與今日　一直等待明日的發生

溫柔的雨水帶來的美　訴說著
今生無法挽留的事

相同

後來　那些不能說出來的事件
在貧乏的年代　過著　相同的時日

景象

此去　此刻　未來　時間點滴流失
城市的景象　卻依舊安然
那些始終　不屬於我們的幸福
在荒涼的季節　無止境的前行

可能

給一個理由讓全新的愛可以佔領我們的心
除非離去　或捨得
愛　無止境的可能

多久

愛從微醺的失意　開始
相思已成　無岸無涯
夢想遺留在　旅行的句點
無法預測　我們能為彼此
守候多久……

走向

我和我的夢境　為永恆祈禱
思念的遺跡　什麼也沒能帶走　或留下什麼
未來一一走向　上帝締造的因果

渺茫

我默默傾聽　我專注凝視
無法輕言的一種愛　漫漫幻化成
渺茫的距離

未完成

時光一路追逐、我們的青春歲月卻不願畫上休止符

過去像來不及完成的故事
年歲已長滿　無法解讀的情感
傷痕終究會走出　太輕的言諾

淚是離開愛情後　曾經盼望的　最終獨白
世界突然剩下　輕輕喘息和許多的心事

擱淺

讓心事全都擱淺在　淚水那樣的無語
痛苦的時候　無論如何
我不會記得　無止盡的思念

某日

讓心跟著希望走或許下一個人生的轉彎處、迎接我們的是壯闊的
美景

離開時間　未曾離開的空間
遺失愛情的某日　我看見
晴朗的心事

期許

文字在紙頁間
期許自己　做一位
人們驀然憶及的　白色悲傷

春天

春天將一朵花的　綻放
悄悄滑進
一首詩的　草原上

作為

作為一個流浪人
旅行　只為了找尋　最初的　尋常生活

燈塔

我日漸習慣　你存在的遠方
你的瞭望是　我唯一的信仰
我們從沒有　錯肩而過
卻如此靠

月光

（一）

天空是年輕的夢
我想飛的心　始終是守候
守候你　永恆的凝望

（二）

楓葉告別　迷路的星星
日子記憶　已冷卻的往事
堆堆疊疊的思念　如沉積已久的風霜
你永恆的凝望　牽掛在　永不落下的天幕

後記

聆聽是一份尊重　傾訴是一種分享
寫作的美在於它的意象和　不斷發生的故事
不同的地方和　不同的想像
在每日例行的工作裡　這本詩集又於焉誕生
我也習慣了這樣　半漂流的日子裡寫作

生活總是有太多想說的話　想做的事
城市的街廊　尋找　訴說　愛上　錯過
猜測　畏怯　全是我們點滴回憶
編織出對未來的　一份夢想與憧憬

你與我的故事　可以躍動出　美麗的詩句
在文字裡有我們　走不完的旅程

無論走多遠　總有著不變的保證

寫作伴我每日　期待　歸屬　實現　答案
我未曾離去　這世界樣態依然
我會繼續在這旅途上寫作
每一本書將成為　另一個故事的開始
也期待這些文字　因為你們
被造訪到　其他陌生之地

我不爭不動　不敢發亮
為的是在人生的漫漫長路
寬容豁達地守候
情天情海的　詩風華……

陳綺　二〇一五年

讀詩人70　PG1453

美好時光

作　　者　陳　綺
責任編輯　杜國維
圖文排版　莊皓云
封面設計　蔡瑋筠

出版策劃　釀出版
製作發行　秀威資訊科技股份有限公司
114 台北市內湖區瑞光路76巷65號1樓
電話：+886-2-2796-3638　傳真：+886-2-2796-1377
服務信箱：service@showwe.com.tw
http://www.showwe.com.tw
郵政劃撥　19563868　戶名：秀威資訊科技股份有限公司
展售門市　國家書店【松江門市】
104 台北市中山區松江路209號1樓
電話：+886-2-2518-0207　傳真：+886-2-2518-0778
網路訂購　秀威網路書店：http://www.bodbooks.com.tw
國家網路書店：http://www.govbooks.com.tw
法律顧問　毛國樑　律師
總 經 銷　聯合發行股份有限公司
231新北市新店區寶橋路235巷6弄6號4F
電話：+886-2-2917-8022　傳真：+886-2-2915-6275

出版日期　2015年11月　BOD一版
定　　價　220元

Printed in Taiwan

國家圖書館出版品預行編目

美好時光 / 陳綺著. -- 一版. -- 臺北市：釀出
版, 2015.11
面； 公分. -- (讀詩人；70)
BOD版
ISBN 978-986-445-056-5(平裝)

851.486 104018178

讀者回函卡

感謝您購買本書，為提升服務品質，請填妥以下資料，將讀者回函卡直接寄回或傳真本公司，收到您的寶貴意見後，我們會收藏記錄及檢討，謝謝！

如您需要了解本公司最新出版書目、購書優惠或企劃活動，歡迎您上網查詢或下載相關資料：http:// www.showwe.com.tw

您購買的書名：＿＿＿＿＿＿＿＿＿＿＿＿＿＿＿＿＿＿＿＿

出生日期：＿＿＿＿年＿＿＿＿月＿＿＿＿日

學歷：□高中（含）以下　□大專　□研究所（含）以上

職業：□製造業　□金融業　□資訊業　□軍警　□傳播業　□自由業

□服務業　□公務員　□教職　□學生　□家管　□其它＿＿＿

購書地點：□網路書店　□實體書店　□書展　□郵購　□贈閱　□其他

您從何得知本書的消息？

□網路書店　□實體書店　□網路搜尋　□電子報　□書訊　□雜誌

□傳播媒體　□親友推薦　□網站推薦　□部落格　□其他＿＿＿＿

您對本書的評價：（請填代號　1.非常滿意　2.滿意　3.尚可　4.再改進）

封面設計＿＿　版面編排＿＿　內容＿＿　文／譯筆＿＿　價格＿＿

讀完書後您覺得：

□很有收穫　□有收穫　□收穫不多　□沒收穫

對我們的建議：＿＿＿＿＿＿＿＿＿＿＿＿＿＿＿＿＿＿＿＿

＿＿＿＿＿＿＿＿＿＿＿＿＿＿＿＿＿＿＿＿＿＿＿＿＿＿

＿＿＿＿＿＿＿＿＿＿＿＿＿＿＿＿＿＿＿＿＿＿＿＿＿＿

＿＿＿＿＿＿＿＿＿＿＿＿＿＿＿＿＿＿＿＿＿＿＿＿＿＿

請貼
郵票

11466
台北市内湖區瑞光路 76 巷 65 號 1 樓
秀威資訊科技股份有限公司 收
BOD 數位出版事業部

（請沿線對折寄回，謝謝！）

姓　名：＿＿＿＿＿＿＿＿　年齡：＿＿＿＿　性別：□女　□男

郵遞區號：□□□□□

地　址：＿＿＿＿＿＿＿＿＿＿＿＿＿＿＿＿＿＿

聯絡電話：(日)＿＿＿＿＿＿＿＿＿＿(夜)＿＿＿＿＿＿＿＿＿＿

E-mail：＿＿＿＿＿＿＿＿＿＿＿＿＿＿＿＿＿＿